Ruth Rocha

Marcelo, marmelo, martelo

ILUSTRAÇÕES DE
MARIANA MASSARANI

7ª impressão

SALAMANDRA

Texto © Ruth Rocha.

Editora Salamandra, 2011: 1ª edição totalmente reformulada.

Publicações anteriores: Editora Abril Cultural, 1976: 1ª edição. Editora Círculo do Livro, 1978: 2ª edição. Editora Abril, 1979: 3ª edição. Editora Cultural, 1980: 4ª a 7ª edições. Editora Salamandra, 1982 – 2010: 8ª a 56ª edições (com 71 reimpressões).

Ilustrações © Mariana Massarani, 2011.

COORDENAÇÃO EDITORIAL
Lenice Bueno da Silva

ASSISTENTE EDITORIAL
Rita de Cássia da Cruz Silva

SUPERVISÃO DA OBRA DE RUTH ROCHA
Mariana Rocha

PROJETO GRÁFICO
Traço Design

DIGITALIZAÇÃO DE IMAGENS
Angelo Greco

IMPRESSÃO
EGB

Dados Internacionais de Catalogação na Publicação (CIP)
(Câmara Brasileira do Livro, SP, Brasil)

Rocha, Ruth
    Marcelo, marmelo, martelo / Ruth Rocha ;
ilustrações de Mariana Massarani. — São Paulo :
Moderna, 2011.

    ISBN 978-85-16-07149-3

    1. Contos – Literatura infantojuvenil
I. Massarani, Mariana. II. Título.

11-10752   CDD-028.5

Índices para catálogo sistemático:
1. Contos : Literatura infantil 028.5
2. Contos : Literatura infantojuvenil 028.5

DE ACORDO COM AS NOVAS NORMAS ORTOGRÁFICAS

Editora Moderna Ltda.
Rua Padre Adelino, 758, Belenzinho, São Paulo, SP, Cep 03303-904
Vendas e Atendimento:
Tel.: (0--11) 2790-1300 Fax: (0--11) 2790-1501
www.moderna.com.br
Impresso no Brasil / 2014

HISTÓRIA UM

Marcelo, marmelo, martelo

PÁGINA 7

HISTÓRIA DOIS

Teresinha e Gabriela

PÁGINA 27

HISTÓRIA TRÊS

O dono da bola

PÁGINA 45

Marcelo, marmelo, martelo

Marcelo vivia fazendo perguntas a todo mundo:

— Papai, por que é que a chuva cai?

— Mamãe, por que é que o mar não derrama?

— Vovó, por que é que o cachorro tem quatro pernas?

As pessoas grandes às vezes respondiam.

Às vezes, não sabiam como responder.

— Ah, Marcelo, sei lá...

Uma vez, Marcelo cismou com o nome das coisas:

— Mamãe, por que é que eu me chamo Marcelo?

— Ora, Marcelo foi o nome que eu e seu pai escolhemos.

— E por que é que não escolheram martelo?

— Ah, meu filho, martelo não é nome de gente!
É nome de ferramenta...

— Por que é que não escolheram marmelo?

— Porque marmelo é nome de fruta, menino!

— E a fruta não podia chamar Marcelo, e eu chamar marmelo?

No dia seguinte, lá vinha ele outra vez:

— Papai, por que é que mesa chama mesa?

— Ah, Marcelo, vem do latim.

— Puxa, papai, do latim? E latim é língua de cachorro?

— Não, Marcelo, latim é uma língua muito antiga.

— E por que é que esse tal de latim não botou na mesa nome de cadeira, na cadeira nome de parede, e na parede nome de bacalhau?

— Ai, meu Deus, este menino me deixa louco!

Daí a alguns dias, Marcelo estava jogando futebol com o pai:

— Sabe, papai, eu acho que o tal de latim botou nome errado nas coisas. Por exemplo: por que é que bola chama bola?

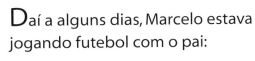

— Não sei, Marcelo, acho que bola lembra uma coisa redonda, não lembra?

— Lembra, sim, mas... e bolo?

— Bolo também é redondo, não é?

— Ah, essa não! Mamãe vive fazendo bolo quadrado...

O pai de Marcelo ficou atrapalhado.

E Marcelo continuou pensando:

"Pois é, está tudo errado! Bola é bola, porque é redonda. Mas bolo nem sempre é redondo. E por que será que a bola não é a mulher do bolo? E bule? E belo? E bala? Eu acho que as coisas deviam ter nome mais apropriado. Cadeira, por exemplo. Devia chamar sentador, não cadeira, que não quer dizer nada. E travesseiro? Devia chamar cabeceiro, lógico! Também, agora, eu só vou falar assim".

Logo de manhã, Marcelo começou a falar sua nova língua:

— Mamãe, quer me passar o mexedor?

— Mexedor? Que é isso?

— Mexedorzinho, de mexer café.

— Ah... colherinha, você quer dizer.

— Papai, me dá o suco de vaca?

— Que é isso, menino?

— Suco de vaca, ora! Que está no suco da vaqueira.

— Isso é leite, Marcelo. Quem é que entende este menino?

O pai de Marcelo resolveu conversar com ele:

— Marcelo, todas as coisas têm um nome. E todo mundo tem que chamar pelo mesmo nome, porque, senão, ninguém se entende...

— Não acho, papai. Por que é que eu não posso inventar o nome das coisas?

— Deixe de dizer bobagens, menino! Que coisa mais feia!

— Está vendo como você entendeu, papai? Como é que você sabe que eu disse um nome feio?

O pai de Marcelo suspirou:

— Vá brincar, filho, tenho muito que fazer...

Mas Marcelo continuava não entendendo a história dos nomes. E resolveu continuar a falar, à sua moda. Chegava em casa e dizia:

— Bom solário pra todos...

O pai e a mãe de Marcelo se olhavam e não diziam nada. E Marcelo continuava inventando:

— Sabem o que eu vi na rua? Um puxadeiro puxando uma carregadeira. Depois, o puxadeiro fugiu e o possuidor ficou danado.

A mãe de Marcelo já estava ficando preocupada. Conversou com o pai:

— Sabe, João, eu estou muito preocupada com o Marcelo, com esta mania de inventar nomes para as coisas... Você já pensou quando começarem as aulas? Esse menino vai dar trabalho...

— Que nada, Laura! Isso é uma fase que passa. Coisa de criança...

Mas estava custando a passar...

Quando vinham visitas, era um caso sério. Marcelo só cumprimentava dizendo:

— Bom solário, bom lunário... – que era como ele chamava o dia e a noite.

E os pais de Marcelo morriam de vergonha das visitas.

Até que um dia...

O cachorro do Marcelo, o Godofredo, tinha uma linda casinha de madeira que Seu João tinha feito para ele.

E Marcelo só chamava a casinha de moradeira, e o cachorro de Latildo.

E aconteceu que a casa do Godofredo pegou fogo.

Alguém jogou uma ponta de cigarro pela grade, e foi aquele desastre!

Marcelo entrou em casa correndo:

— Papai, papai, embrasou a moradeira do Latildo!

— O que, menino? Não estou entendendo nada!

— A moradeira, papai, embrasou...

— Eu não sei o que é isso, Marcelo. Fala direito!

— Embrasou tudo, papai, está uma branqueira danada!

Seu João percebia a aflição do filho, mas não entendia nada...

Quando Seu João chegou a entender do que Marcelo estava falando, já era tarde.

A casinha estava toda queimada. Era um montão de brasas.

O Godofredo gania baixinho...

E Marcelo, desapontadíssimo, disse para o pai:

— Gente grande não entende nada de nada, mesmo!

Então a mãe do Marcelo olhou pro pai do Marcelo.

E o pai do Marcelo olhou pra mãe do Marcelo.

E o pai do Marcelo falou:

— Não fique triste, meu filho. A gente faz uma moradeira nova pro Latildo.

E a mãe do Marcelo disse:

— É sim! Toda marronzinha, com a entradeira na frente e um cobridor bem azulzinho...

E agora, naquela família, todo mundo se entende muito bem.

O pai e a mãe do Marcelo não aprenderam a falar como ele, mas fazem força pra entender o que ele fala.

E nem estão se incomodando com o que as visitas pensam...

O tempo passou, Marcelo cresceu, trabalhou e se casou.

A filha mais velha de Marcelo já está com sete anos. No outro dia, ela chegou perto do Marcelo, que estava lendo jornal, e perguntou:

— Papai, por que é que mesa se chama mesa?

Teresinha e Gabriela

Gabriela menina, Gabriela levada.

Ô, menina encapetada...

Gabriela sapeca:

— Menina, como é que você se chama?

— Eu não me chamo, não, os outros é que me chamam Gabriela.

Gabriela serelepe:

— Menina, para onde vai essa rua?

— A rua não vai, não, a gente é que vai nela.

Gabriela na escola:

— Gabriela, quem foi que descobriu o Brasil?

— Ah, professora, isso é fácil, eu só queria saber quem foi que cobriu.

Gabriela não deixava a professora em paz:

— Professora, céu da boca tem estrelas?

— Professora, barriga da perna tem umbigo?

— Professora, pé de alface tem calos?

Gabriela era quem inventava as brincadeiras:

— Vamos brincar de amarelinha?

Todo mundo ia.

— Vamos brincar de pegador?

Todos concordavam.

Todos queriam brincar com Gabriela.

Foi aí que mudou, para a mesma rua da Gabriela, a Teresinha.

Teresinha loirinha, bonitinha, arrumadinha.

Teresinha estudiosa, vestida de cor-de-rosa.

Teresinha.

Que belezinha...

Os amigos vinham contar a Gabriela:

— Teresinha tem um vestido com rendinha.

— Teresinha tem uma caixinha de música.

— Teresinha tem cachos no cabelo.

Gabriela já estava enciumada:

— Grande coisa, cachos! Bananeira também tem cachos!

Gabriela não queria nem ver Teresinha:

— Menina enjoada, não sabe correr, não suja o vestido, só vive estudando. Deus me livre!

— Mas ela é boazinha – os meninos diziam.

— Boazinha, nada! Ela é sonsa.

— Mas você nunca falou com ela, Gabriela.

— Não interessa. Não falei e não gostei, pronto!

Mas Gabriela já estava impressionada, de tanto que falavam da Teresinha.

E Gabriela começou a se olhar no espelho e achar o seu cabelo muito sem graça:

— Mamãe, eu queria fazer cachos nos cabelos.

— Mamãe, eu queria um vestido cor-de-rosa.

— Mamãe, eu queria uma caixinha de música.

E Gabriela começou a se modificar.

Na escola, no recreio, Gabriela não pulava corda nem brincava de esconde-esconde.

Ficava sentadinha, quietinha, fazendo tricô.

De tarde, Gabriela não ia mais brincar na rua para não sujar o vestido.

E, à noite, muito em segredo, Gabriela enchia a cabeça de papelotes para encrespar os cabelos.

Os amigos vinham chamar Gabriela:

— Gabriela, vamos andar de bicicleta?

— Agora eu não posso – respondia Gabriela. – Preciso ajudar a mamãe.

A mãe de Gabriela estranhava:

— Que é isso, menina? Você não tem nada para fazer agora.

E Gabriela, com ares de gente grande, respondia:

— Eu já estou crescida para essas brincadeiras...

E Teresinha?

O que é que estava acontecendo com Teresinha?

Teresinha só ouvia falar de Gabriela:

— Gabriela é que sabe pular corda.

— Gabriela usa rabo de cavalo para o cabelo não atrapalhar.

— Gabriela só usa calças compridas.

Teresinha respondia com pouco caso:

— Que menina mais sem modos! Deus me livre...

Mas, quando as crianças saíam, Teresinha pedia:

— Mamãe, eu quero umas calças compridas.

E, no fundo do quintal, Teresinha treinava, pulando corda e amarelinha, para ir brincar na rua, como Gabriela.

E, na primeira vez que as duas se encontraram, a turma nem queria acreditar.

Gabriela, fazendo pose de moça, de cabelos cacheados, sapatos de pulseirinha, vestido todo bordado.

Gabriela empurrando o carrinho da boneca, comportadíssima.

Teresinha pulando sela,
assoviando, levadíssima.

As duas se olharam, no começo,
desconfiadíssimas.

Depois, começaram a rir porque
estavam mesmo muito engraçadas.

Agora, Teresinha e Gabriela são grandes amigas.

E cada uma aprendeu muito com a outra.

Gabriela sabe a lição de história do Brasil, embora seja ainda a campeã de bolinha de gude.

E Teresinha, embora seja ainda uma boa aluna na escola, já sabe andar de bicicleta, pular amarelinha, e até já está aprendendo a fazer suas gracinhas.

Ontem, quando a professora perguntou a Teresinha:

— Minha filha, o que você vai ser quando crescer?

Teresinha não teve dúvidas:

— Vou ser grande, ué!

43

O dono da bola

Este é o Caloca. Ele é um amigo muito legal.

Mas ele não foi sempre assim, não. Antigamente ele era o menino mais enjoado de toda a rua.

E não se chamava Caloca.

O nome dele era Carlos Alberto.

E sabem por que ele era assim enjoado?

Eu não tenho certeza, mas acho que é porque ele era o dono da bola.

Mas me deixem contar a história, do começo.

Caloca morava na casa mais bonita da nossa rua.

Os brinquedos que Caloca tinha, vocês não podem imaginar!
Até um trem elétrico ele ganhou do avô.

E tinha bicicleta, com farol e buzina, e tinha tenda de índio,
carrinhos de todos os tamanhos e uma bola de futebol,
de verdade.

Caloca só não tinha amigos. Porque ele brigava com todo
mundo. Não deixava ninguém brincar com os brinquedos dele.

Mas futebol ele tinha que jogar com a gente, porque futebol
não se pode jogar sozinho.

O nosso time estava cheio de amigos. O que nós não tínhamos era bola de futebol. Só bola de meia, mas não é a mesma coisa.

Bom mesmo é bola de couro, como a do Caloca.

Mas, toda vez que a gente ia jogar com Caloca, acontecia a mesma coisa. Era só o juiz marcar qualquer falta do Caloca que ele gritava logo:

— Assim eu não jogo mais! Dá aqui a minha bola!

— Ah, Caloca, não vá embora, tenha espírito esportivo, jogo é jogo...

— Espírito esportivo, nada! – berrava Caloca. – E não me chame de Caloca, meu nome é Carlos Alberto!

E, assim, Carlos Alberto acabava com tudo que era jogo.

A coisa começou a complicar mesmo quando resolvemos entrar no campeonato do nosso bairro.

A gente precisava treinar com bola de verdade para não estranhar na hora do jogo.

Mas os treinos nunca chegavam ao fim.

Carlos Alberto estava sempre procurando encrenca:

— Se o Beto jogar de centroavante, eu não jogo!

— Se eu não for o capitão do time, vou embora!

— Se o treino for muito cedo, eu não trago bola!

E quando não se fazia o que ele queria, já se sabe, levava a bola embora e adeus treino.

Catapimba, que era o secretário do clube, resolveu fazer uma reunião:

— Esta reunião é pra resolver o caso do Carlos Alberto. Cada vez que ele se zanga, carrega a bola e acaba com o treino.

Carlos Alberto pulou, vermelhinho de raiva:

— A bola é minha, eu carrego quantas vezes eu quiser!

— Pois é isso mesmo! – disse o Beto, zangado. – É por isso que nós não vamos ganhar campeonato nenhum!

— Pois, azar de vocês, eu não jogo mais nessa droga de time, que nem bola tem!

PRiii...

E Caloca saiu pisando duro,
com a bola debaixo do braço.

Todas as vezes que o Carlos Alberto fazia isso, ele acabava voltando e dando um jeito de entrar no time de novo.

Mas, daquela vez, nós estávamos por aqui com ele.

A primeira vez que ele veio ver os treinos, ninguém ligou.

Ele subiu no muro, com a bola debaixo do braço como sempre, e ficou esperando que alguém pedisse para ele jogar.

Mas ninguém disse nada. Quando o Xereta passou por perto, ele puxou conversa:

— Que tal jogar com a bola de meia?

Xereta deu uma risadinha:

— Serve...

Um dia, nós ouvimos dizer que o Carlos Alberto estava jogando no time do Faz-de-Conta, que é um time lá da rua de cima. Mas foi por pouco tempo. A primeira vez que ele quis carregar a bola no melhor do jogo, como fazia conosco, se deu muito mal...

O time inteiro do Faz-de-Conta correu atrás dele e ele só não apanhou porque se escondeu na casa do Batata.

Aí, o Carlos Alberto resolveu jogar bola sozinho.

A gente passava pela casa dele e via. Ele batia bola com a parede.

Acho que a parede era o único amigo que ele tinha.

Mas eu acho que jogar com a parede não deve ser muito divertido. Porque, depois de três dias, o Carlos Alberto não aguentou mais. Apareceu lá no campinho.

— Se vocês me deixarem jogar, eu empresto a minha bola.

— Nós não queremos sua bola, não.

— Ué, por quê?

— Você sabe muito bem. No melhor do jogo você sempre dá um jeito de levar a bola embora.

— Eu não, só quando vocês me amolam.

— Pois é por isso mesmo que nós não queremos, só se você der a bola para o time de uma vez.

— Ah, essa não! Está pensando que eu sou bobo?

E Carlos Alberto continuou sozinho. Mas eu acho que ele já não estava gostando de estar sempre sozinho.

No domingo, ele convidou o Xereta para brincar com o trem elétrico.

Na segunda, levou o Beto para ver os peixes na casa dele.

Na terça, me chamou para brincar de índio.

E, na quarta, mais ou menos no meio do treino, lá veio ele com a bola debaixo do braço.

— Oi, turma, que tal jogar com uma bola de verdade?

Nós estávamos loucos para jogar com a bola dele. Mas não podíamos dar o braço a torcer.

— Olha, Carlos Alberto, você apareça em outra hora. Agora, nós precisamos treinar – disse Catapimba.

— Mas eu quero dar a bola ao time. De verdade!

Nós todos estávamos espantados:

— E você nunca mais pode levar embora?

— E o que é que você quer em troca?

— Eu só quero jogar com vocês...

Os treinos recomeçaram, animadíssimos.

O final do campeonato estava chegando e nós precisávamos recuperar o tempo perdido. Carlos Alberto estava outro. Jogava direitinho e não criava caso com ninguém.

E, quando nós ganhamos o jogo final do campeonato, todo mundo se abraçou.

A gente gritava:

— Viva o Estrela D'Alva Futebol Clube!

— Viva!

— Viva o Catapimba!

— Viva!

— Viva o Carlos Alberto!

— Viva!

Então, o Carlos Alberto gritou:

— Ei, pessoal, não me chamem de Carlos Alberto!
Podem me chamar de Caloca!

De histórias isoladas a um livro de histórias

Por MARISA LAJOLO

Um dos livros mais queridos dos leitores de Ruth Rocha, **Marcelo, marmelo, martelo**, está de cara nova. Uma edição reformulada – preparada para integrar a Biblioteca Ruth Rocha (que reúne toda a obra da autora) – traz as três histórias clássicas do livro, agora com ilustrações de Mariana Massarani.

Publicadas originalmente como texto principal da excelente revista infantil *Recreio* (lançada em 1969), essas histórias têm uma trajetória de sucesso: "O dono da bola" foi publicada no número 46 da revista, que chegou às bancas em 27/05/1970; "Marcelo, marmelo, martelo", no número 50, lançado em 24/06/1970; e "Gabriela e Teresinha", no número 103, com data de capa de 30/06/1971. Ainda nos anos 70 do século passado, as histórias foram reunidas em volume único e publicadas por diferentes editoras, e de lá para cá não cessam de encantar diferentes gerações de leitores.

Veja como era a família do Marcelo na primeira edição do livro!

O trânsito entre diferentes formas de publicação (na revista *Recreio*, por exemplo, cada história era vizinha de outros gêneros de textos: brincadeiras, jogos, sugestões de atividades...) agrega a cada história novos significados, inspirando novas leituras. Um texto – ao fazer parte de uma revista ou de uma antologia – se deixa penetrar pelo significado de seus vizinhos, acentuando alguns de seus traços, esbatendo outros.

Exatamente como acontece com esta edição de **Marcelo, marmelo, martelo.**

Página dupla da revista *Recreio* em que a história do Marcelo foi publicada pela primeira vez.

Livros, leitura, literatura

Neste livro, contracenam personagens extraordinárias: Marcelo, Teresinha, Gabriela, Caloca e seus amigos. São todos meninos e meninas que parecem aquelas crianças que a gente gostaria que morassem no andar de cima, na casa do outro lado, na rua em frente: crianças que a gente gostaria que fossem os melhores amigos de nossos filhos ou sobrinhas, ou então... que fossem nossos alunos!

Ao longo das três histórias que este livro conta — e na empatia que as personagens provocam com seus leitores — a literatura cumpre uma de suas funções mais altas: pela inventividade do escritor e pela força das palavras, a ficção mergulha os leitores em vidas alheias, fazendo-os regressar à sua própria vida modificados, mais leves e mais humanos.

Esta função humanizadora não é privilégio da literatura infantil: manifesta-se em todo tipo de literatura, mas em bons livros para crianças e jovens ela talvez se faça presente de forma mais aberta e intensa. Pois crianças são particularmente sensíveis à linguagem como acontece com os protagonistas das histórias aqui reunidas.

Afinal, desde bebezinhos — ou talvez ainda mesmo quando na barriga de suas mães — e de forma cada vez mais complexa ao longo do tempo, as crianças percebem que são/somos cercados por linguagens, que vivem/vivemos mergulhados nelas.

Dentre todas as linguagens que nos cercam e nas quais vivemos imersos, crianças percebem muito cedo a importância da linguagem verbal — a linguagem de que se valem as pessoas a seu redor para falar delas e com elas. Assim, entre os primeiros e mais importantes aprendizados infantis figura com destaque o domínio da língua de sua comunidade e, nesse aprendizado, o aprendizado maior das características da linguagem verbal: os sons, os ritmos das palavras e frases, o nexo arbitrário que une sons e sentidos, a capacidade infinita de recriação.

Tais traços estão presentes em todas e em cada uma das línguas humanas, e são eles que nos tornam capazes de dizer tudo o que queremos e até mesmo, às vezes, o que não queremos dizer.

E é por saber trabalhar essas características mais profundas da linguagem humana que Ruth Rocha é uma grande escritora. E que sua literatura fascina e humaniza quem a lê. Direitinho como acontece nas três belas histórias reunidas em **Marcelo, marmelo, martelo**.

Os livros de Ruth não apenas contam histórias interessantes e divertidas. Seu modo de contar é sofisticado e envolvente: ela desmancha e dissolve a linguagem cristalizada dos clichês, orquestra repetições de palavras e inventa rimas inesperadas ("Gabriela menina/ Gabriela levada/ Ô menina encapetada", página 28), varia a voz narrativa entre personagens e narrador externo ("me deixem contar a história, do começo", página 47), conversa com o leitor como se estivesse a seu lado ("O que é que estava acontecendo com Teresinha?", página 38), e de repente dá uma guinada no texto inserindo na história objetos e situações novas, como o time do Faz-de-conta, da rua de cima (página 55).

Amarrando tais procedimentos, a literatura de Ruth se inscreve na vertente do humor. Sua fina ironia se dirige a maiores e menores de idade ao realçar aspectos que – no sorriso ou na risada do leitor – mostram o avesso da máquina do mundo, alguns tropeços e outros tantos acertos de gente como a gente, grande ou pequena...

Os uns e os outros

As personagens que protagonizam estas três histórias compartilham problemas e aprendizados: começam a história de um jeito e terminam de outro. Como acontece na vida real com gente grande e gente miúda.

Marcelo, Gabriela, Teresinha e Caloca – como todos nós – querem ser aceitos e amados pelas pessoas com as quais convivem: os outros, de que tanto se fala. E quem são os outros? São muitos: são os pais de Marcelo, os amigos de Gabriela e de Teresinha, a turma de vizinhos de Caloca. Que, por sua vez, encontram seus outros em Caloca, Teresinha, Gabriela e Marcelo.

E assim por diante.

E é nos encontros e desencontros – mas sobretudo na interação dos uns com os outros – que estas histórias de Ruth ganham ritmo e prendem o leitor. Como é na interação de uns com os outros, na aceitação dos outros pelos uns e vice-versa que a vida ganha boas surpresas, aventuras e encantamento.

Saber *se* e *como* aventuras e surpresas acontecem é que cria o suspense da história e prende o leitor.

Repetições e rupturas

No início de suas respectivas histórias, Marcelo, Teresinha, Gabriela e Caloca são perso-nagens que se parecem com pessoas que todo mundo encontra de vez em quando na vida. Quem é que não conhece crianças que vivem fazendo perguntas a que não se consegue responder? Ou meninas que brincam de boneca e de casinha e outras que jogam futebol e bolinhas de gude? E quem é que não cruzou caminhos com gente – grande e pequena – que se acha dona do mundo? Não é, aliás, do comportamento dessa gente que vem a expressão dono da bola – literal na história de Caloca – que define o sujeito que se acha dono do mundo e quer mandar em tudo?

As histórias de Ruth fazem personagens com tais perfis contracenarem com ou-tras e, na sociabilidade que desenvolvem, repensarem seus comportamentos. Pois passar do livro para a vida e vice-versa é um dos grandes encantos da literatura, não é mesmo?

A letra e o traço

As ilustrações de um livro são o registro de uma primeira leitura da história que o livro conta: a leitura do artista ilustrador. No caso da arte de Mariana Massarani (que assina as ilustrações da nova edição), a representação dos protagonistas e de algumas passagens das histórias lembra o traço da caricatura e dos quadrinhos. As imagens têm cores fortes, contornos definidos, e ocupam largos espaços das páginas.

Não obstante este testemunho da leitura que, ao ilustrar o livro, Mariana fez da história de Ruth, o leitor continua livre para criar suas próprias imagens. Como as palavras, imagens não limitam a imaginação: ao contrário, estimulam-na e apontam diferentes caminhos.

É na sutileza do humor, no capricho dos pequenos detalhes (o carrinho sob o sofá em que estão sentados os pais e a irmã de Marcelo, por exemplo, página 19) que o belo trabalho de Mariana dialoga harmoniosamente com o texto de Ruth, transcrevendo-o em traços e cores que não apenas encantam os leitores, mas desafiam-no a criar novas imagens para aquilo que o texto verbal descreve e narra.

A linguagem

Em todas as histórias deste livro, mas particularmente na de Marcelo, as personagens se veem às voltas com questões de linguagem. Em divertidas passagens, as personagens questionam,

tematizam e testam os limites da linguagem, quer fazendo de conta que entendem literalmente modos de dizer metafóricos, quer reinventando formas para expressar sentimentos e emoções e dar nome às coisas.

É essa quase infinita capacidade de renovação que torna a linguagem verbal a mais humanizadora das capacidades humanas. É porque nascemos para falar, porque aprendemos a falar, porque falamos e nos entendem e porque entendemos o que os outros falam que somos humanos. A fala permite que vivamos em sociedade, que interajamos com nossas famílias e com os demais habitantes do globo terrestre.

Embora presente nas três histórias, é em "Marcelo, marmelo, martelo" que, a partir do título, a linguagem é a grande protagonista. O menino vive, na dimensão de sua curta vida de criança, os dois extremos da linguagem verbal: de um lado, o caráter estável, cristalizado e codificado de palavras e expressões, que constroem significados e de modos de dizer; de outro, a sedutora e (quase) irresistível e infinita capacidade humana de recriar significados, de inventar palavras e brincar com expressões.

É a partir de sua experiência de seus poucos anos de vida que Marcelo se dá conta do caráter arbitrário da linguagem. Ele percebe que, salvo raríssimas exceções, o som das palavras nada tem a ver com seu significado. É aí que a história começa, quando ele se dá conta da falta de relação entre o som e o sentido das palavras. O enredo da história se tece de suas tentativas de consertar a arbitrariedade, brincando com a língua, mudando significados e inventando palavras.

Na história de Marcelo, o risco que corre o cachorro quando sua casinha pega fogo é o preço que as personagens pagam para aprender a ser poliglotas, isto é, entenderem a linguagem do outro. O esforço dos pais para entenderem o filho é sugestivo.

Na história seguinte, quando Teresinha responde à professora que quando crescer "– Vou ser grande, ué!" (página 43), sua resposta é o marco da superação de um modo convencional de ser menina. A graça e a força da libertação expressam-se na interpretação literal – intencionalmente marota – que a menina

faz da pergunta da professora. Bem como em "O dono da bola" a aceitação do apelido Caloca (página 61) marca a definitiva aprendizagem de Carlos Alberto das boas regras da vida social, do coleguismo, solidariedade e tolerância.

Aquilo que na história de Marcelo e, em diferentes formatações, na de seus companheiros de livro, são brincadeiras de criança – dar nome às coisas – reproduz em nível mais profundo a ancestral experiência humana, que remonta à narração bíblica, que conta de quando o primeiro homem põe nome às demais criaturas...

... o que sela a universalidade e a atemporalidade deste livro de Ruth Rocha.

Marisa Lajolo

Marisa Lajolo é professora. Já deu aula em ensino fundamental, médio e superior. Atualmente, é professora da Universidade Presbiteriana Mackenzie e da Unicamp. Formou-se em Letras, na USP, onde fez também Pós-graduação: Mestrado e Doutorado em Teoria Literária. Suas pesquisas debruçam-se sobre Leitura e Literatura Infantil. Monteiro Lobato faz parte de sua vida, e de seus trabalhos. Também, Ruth Rocha. O livro que coordenou – *Monteiro Lobato livro a livro (obra infantil)*, IMESP/EdUNESP – ganhou o prêmio Jabuti. Sua última publicação é uma biografia romanceada de Gonçalves Dias: *O poeta do exílio*.

UM POUCO DA HISTÓRIA DE MARCELO, MARMELO, MARTELO

EDIÇÕES JÁ PUBLICADAS

1ª edição, 1976
Editora Abril S.A. Cultural

3ª edição, 1980
Editora Cultura, com duas
reimpressões (1981 e 1982)

4ª edição, 1983
Editora Salamandra,
com três reimpressões
(de 1983 a 1984)

5ª edição, 1984
Editora Salamandra,
com 77 reimpressões!
(de 1984 a 2007)

6ª edição, 1999
Editora Salamandra

OUTRAS EDIÇÕES

**Capa da revista
Recreio, 1970**

**Círculo do livro,
1978**
Edição especial,
em capa dura.
(1ª reimpressão, 1979)

EDIÇÕES EM ESPANHOL

**Marcelo, membrilo,
martillo**

Ruth Rocha

Quero dedicar esta coleção à turma da minha rua.

A todos os amigos que brincaram comigo de amarelinha, de pegador e de roda. A todas as meninas com quem eu brinquei de bonecas, de comidinhas, de dona de casa.

A toda turma que sentava na calçada nas noites de verão e com quem eu conversava conversas sem fim sobre São Jorge na lua, para que fim estamos todos sobre a Terra, sobre os mistérios da vida e o milagre do parto.

A esta mesma turma com quem eu brincava de mocinho e bandido, de subir nas árvores da casa do meu tio Aurélio para chupar limas e comer araçás.

Com quem eu passeava de bicicleta no Ibirapuera deserto, lia gibis e comentava o último filme da matinê no Phoenix.

Quero dedicar não só esta coleção como todas as minhas histórias às crianças com quem eu fui, durante anos e anos, a pé, para o Colégio Bandeirantes, cruzando as chácaras perfumadas de flores da Vila Mariana.

A primeira vez que vi este livro foi com a minha irmã Susana, dez anos mais nova que eu. Nunca pensei que um dia me convidariam para ilustrá-lo. Fiquei nervosa! Ilustrar o "Marcelo, marmelo, martelo" é muita responsabilidade. Texto e desenhos que são um clássico! Todo mundo adora o Marcelo, e mudar a imagem dele foi uma tarefa difícil.

Alguns personagens do universo do Marcelo já tinham aparecido na minha prancheta, em outros livros da Ruth, mas, mesmo assim, tremi nas bases.

Uma das partes mais gostosas do meu trabalho é inventar as caras e roupas dos personagens. Vou olhando tudo em volta e guardando na cabeça coisas bacanas para usar um dia. A bolsa de *poodle* da Teresinha foi uma dessas cenas que vi na rua e adorei a ideia.